HÉSIODE ÉDITIONS

J.-H. ROSNY AÎNÉ

La Tentatrice

Hésiode éditions

© Hésiode éditions.

1 rue Honoré - 93500 Pantin.
ISBN 978-2-493135-76-6
Dépôt légal : Septembre 2022

Impression Books on Demand GmbH

In de Tarpen 42
22848 Norderstedt, Allemagne

La Tentatrice

À F. Jourdain

Londres, 13 avril 1895.

Je suis naturellement honnête homme. Il est vrai que j'y ai peu de mérite, si l'on me compare à ces gens héroïques tout le temps occupés à vaincre leurs tentations, et dont les désirs s'exaspèrent d'autant plus qu'ils sont illégitimes. Un objet n'excite pas mon envie parce qu'il m'est défendu ; – et tout au contraire, j'éprouve plutôt un dégoût pour ce que je sais ne pouvoir obtenir sans abus de confiance ou sans équivoque. Cette disposition m'a permis de goûter franchement les joies qui viennent s'offrir chaque jour aux hommes, et qu'ils se refusent le plus souvent, parce que les joies illicites leur ferment le chemin.

Pourquoi faut-il, avec cette garantie de bonheur, qu'il m'arrive justement une épreuve où ma propre volonté n'a été pour rien, pourquoi faut-il que je souffre d'une volonté étrangère, à laquelle je ne puis céder sans recourir au mensonge et à l'hypocrisie ou à l'ingratitude ? Encore me serait-il facile d'échapper en me sacrifiant, – mais je ne puis le faire qu'en rendant malheureuse celle qui me domine, en chagrinant mon bienfaiteur et en ôtant la sécurité à ma pauvre mère.

Il y a aujourd'hui près de quatre ans que je fus recommandé à M. Ditchfield. C'est un homme qui joint d'étranges défauts aux plus charmantes qualités. Sujet à des crises de colère qui vont presque à l'épilepsie, partisan de doctrines occultes sur la matérialité des âmes, enfermé quelquefois tout seul, durant des semaines, en une chambre sombre, il n'en est pas moins, dans le commerce ordinaire de la vie, plein de bonté, de douceur, de prévenance, et beaucoup plus tolérant qu'on ne l'aurait pu croire d'abord.

Au physique, il montre un visage rouge, des yeux nocturnes, un nez petit et large, une abondance de cheveux raides qui étincellent à l'ombre pendant les temps orageux.

Quand je me présentai à lui, j'avais vingt-deux ans. Je venais de perdre mon père, dont j'étais l'associé, dans un commerce d'instruments de physique, précaire depuis plusieurs années déjà, – par suite du scrupule extrême que nous apportions à vendre des instruments parfaits. – La mort de mon père me laissa sans crédit. J'avais trop peu d'aptitudes commerciales pour lutter contre un habile homme qui convoitait notre fonds et qui l'eut, grâce à des créances rachetées de toutes parts. J'étais ruiné, et ma mère avec moi ; je ne savais que faire, n'ayant de vrai aucune profession définie.

Un vieux savant qui fréquentait notre boutique offrit de me recommander à M. Ditchfield. Ce gentleman avait besoin d'un secrétaire qui pût l'aider en des expériences de physique. Je convins à l'emploi, je m'assurai rapidement la confiance de mon maître, et, comme il était généreux autant que riche, ma mère reçut une pension suffisante pour lui assurer le bien-être et presque le luxe.

À mesure que je me familiarisais avec l'étrange personnage, notre mutuelle sympathie croissait. Ce n'est pas que nous eussions des idées semblables : jamais deux êtres ne furent plus divers de croyances. Mais nos caractères s'emboîtaient à la perfection, et mon extrême aptitude au maniement des instruments délicats enchantait cet homme malhabile qui ne pouvait se servir d'un objet sans le briser. J'étais sa main, en quelque manière, toujours prête à exécuter ses fantaisies, et si les résultats ne répondaient point à ses espérances, il avoua toujours que je n'y étais pour rien, que j'exécutais à merveille ces multiples expériences, auxquelles la nature refusait de faire les réponses sollicitées.

Pour ses colères, j'appris à les subir, comme on subit la pluie, le vent ou l'orage. Elles étaient vraiment effrayantes. Il y dépensait, dans les premiers moments, un vocabulaire indigne d'un gentleman, puis, les mots ne venant plus, sa figure se tuméfiait, des cris sauvages s'exhalaient de sa gorge, ses bras s'agitaient dans le vide.

Lorsque la scène éclatait dans le laboratoire, je me sauvais à l'instant, et il me suivait avec des menaces : j'évitais ainsi de véritables cataclysmes. L'accès terminé, il était saisi d'un repentir farouche et, taciturne, il s'enfermait des heures ou des jours ; mais, d'ailleurs, il ne s'excusa jamais. J'eus, dès la première fois, plus de pitié que de colère : c'est par là surtout qu'il m'aima. Non qu'il en fût touché pendant l'accès : tout au contraire, il s'en irritait davantage, si bien que, par la suite, je me forçai à demeurer imperturbable. Mais il y réfléchissait plus tard et me témoignait, indirectement, la plus vive reconnaissance.

Il voyait bien que nul sentiment mercenaire ne se mêlait à la patience dont je m'armais pour recevoir ses injures, et que j'eusse agi de même avec un égal, voire un inférieur, qui eussent été en proie au même mal.

Si j'ai parlé de ces crises, c'est qu'elles expliquent ma timidité dans certains des événements dont le récit va suivre.

Malgré ce travers, M. Ditchfield était le maître le plus parfait que pût désirer un jeune homme de mon caractère. Il me demandait peu de travail, m'encourageait à occuper mes loisirs selon mes propres goûts, se confiait absolument à moi dans toutes les circonstances. Sa conversation était agréable et instructive, sa compagnie charmante.

Sans s'efforcer de me convertir, il m'entretenait beaucoup de ses idées sur le « quatrième état de la matière » et sur les esprits. Ces idées, souvent ingénieuses, me reposaient des miennes qui sont positives, mais non d'un positif froid, – plutôt colorées, mouvementées, comme le permet d'ailleurs très bien la science contemporaine.

J'ai, du reste, un sentiment aussi profond de la nature et de ses grâces, de la poésie des choses qui entourent l'homme, que j'ai peu de tendance à des rêveries métaphysiques. Mon maître le regrettait parfois, affectueusement :

– Votre nature est mystique, me disait-il, et l'on a peine à concevoir que votre esprit le soit si peu !… Mais la foi luit à ses heures : elle vous viendra si elle vous doit venir.

J'étais donc heureux, et davantage chaque jour ; ma position était assurée, mon avenir sans nuages. M. Ditchfield avait même pris des dispositions telles que la misère matérielle ne pouvait m'atteindre, en cas d'accidents auxquels je ne pensais d'ailleurs jamais.

C'est dans la deuxième année de mon séjour à Grenville Lodge, qu'arriva l'événement qui devait avoir une influence si néfaste sur ma vie. Une belle-sœur de mon maître, qui vivait au Canada, venait de mourir. Sa fillette, Mary, alors âgée de quatorze ans, se réfugia auprès de son oncle. C'était bien la plus charmante créature, timide, aux grands yeux, les joues rougissant à la moindre émotion, la voix délicate et sensitive, les gestes nobles et craintifs, et l'allure de jeune déesse sur les nuées.

Je me pris pour elle d'affection, avec d'autant plus d'empressement que l'ombre même d'une arrière-pensée ne me pouvait venir. Sans doute l'admiration de sa grâce et l'attrait de son sexe y étaient pour beaucoup ; mais l'homme est un être assez complexe pour avoir fini par créer un genre de tendresse qui n'est point de l'amour et qui diffère pourtant de l'affection d'homme à homme ou de femme à femme. Cela se rencontre aussi souvent parmi les races du Nord que c'est rare parmi les races du Midi.

En ce qui me concerne, Mary éveilla vite dans mon cœur un sentiment très pur, où ne se mêlait ni la jalousie, ni l'équivoque amour platonique, mais où sa charmante figure de sylphide et la vibration émouvante de sa voix avaient leur bonne part.

Elle m'approcha dès l'abord avec une sympathie au moins égale à celle qui m'attirait vers elle. Au bout d'un mois, elle me marquait une telle préférence sur tous les autres êtres, que M. Ditchfield aurait pu en devenir jaloux. Il n'en fut rien : l'excellent spirite vit avec plaisir notre entente ; il me confia même une partie de l'éducation de la fillette.

Et les dix-huit mois qui suivirent furent plus heureux encore dans Grenville Lodge que les deux années de mon début. Mary était comme une source fraîche où je me reposais de mes fatigues, – car je travaillais beaucoup pour mon compte, sinon pour celui de mon maître. – Je renouvelais mon énergie dans son jeune enthousiasme, dans son doux regard, dans sa candeur ; je me trouvais plus fort et plus courageux pour m'être fait enfant comme elle.

Je ne la voyais pas grandir : je ne voyais pas les harmonieux coups de ciseau du sculpteur éternel, l'approche d'une nouvelle saison humaine, – la jeune fille jaillissante. L'œil bleu avait une lueur plus assurée. C'était une lampe où déjà pouvait brûler la passion. La sylphide n'avait plus l'indécision des formes ; ses cheveux ne roulaient plus en masse désordonnée ; sa familiarité était plus retenue. C'était une ferme et belle magicienne ; l'âpre amour pouvait frémir à son beau cou provocant, à la ligne fière de sa hanche. Mais entre elle et moi s'étendait l'habitude : l'étincelle seule, le grand déchirement de l'éclair devait me forcer à voir la créature adorable.

Dieu sait que cette étincelle n'eût point jailli spontanément de mon cœur.

C'est au dernier mois d'octobre que j'ai reçu le premier avertissement. Mary m'avait demandé de la conduire au British Museum. D'abord gaie, presque rieuse, devant les têtes dures des empereurs romains, les larges fronts philosophiques, les hautes, sveltes statues divines, une gravité l'avait enfin prise, un charme très doux devant ces nobles formes blessées : Zeus sans front, sans bras, Diane aux seins fiers mais cruellement meurtrie, tuniques brisées, corps sans tête, membres tordus, naïades fragmentaires, ægipans sans pieds.

Elle me chuchotait une mélancolie naissante qui devint de la tristesse lorsque nous pénétrâmes chez les Assyriens : les rangées guerrières, les files de rois enchaînés, courbés sous le joug, le grimoire des triomphes, les Teglath-Phal-Azar, les Assur-Nasir-Pal, les Shalmanazar chantant orgueilleusement leurs triomphes dans les féroces inscriptions lapidaires, ces hommes à barbe annelée, raides, de profil, à l'œil froid, ces barques singulières, les lions-taureaux, les déités à têtes d'aigles, à dos squameux, les dures processions militaires, les poses implacables des rois victorieux, et, sous tous ces tableaux de l'antique gloire tueuse, les écritures cunéiformes, les lettres-clous, ajoutant on ne sait quelle impression de conquêtes sans miséricorde, – déchirement de chairs de vaincus, majesté sanglante, immense écrasement des races par les despotes ! Tout cela terrifia Mary à l'heure où les salles commençaient à s'assombrir.

Elle m'attira près d'elle, et, dans les salles égyptiennes, son malaise augmenta. À la lueur blêmissante, l'Égypte, avec une incalculable puissance, dressée dans ses pierres vertes, noires et brunes, semblait aussi dure que le diamant. Les sombres statues reluisaient, les dieux-chats, les dieux-hiboux se tenaient sinistres, et la Mort planait sur les sarcophages peints de couleurs impérissables. Partout une funèbre sensation de durée, d'éternité, pesant sur la pauvre silhouette fugitive de l'homme. La jeune fille m'étreignait le bras. Elle était pâle.

Elle me regardait étrangement :

– Qu'avez-vous ? lui dis-je, inquiet.

– J'ai peur, répondit-elle à voix basse.

Sa main tremblait. Je me hâtai de l'entraîner dehors, sous le péristyle. Le soleil l'égaya ; elle montra une joie un peu fébrile à voir un groupe de pigeons qui picorait dans la cour. Elle continuait à me serrer le bras, elle parlait d'une façon décousue :

— Vous êtes encore agitée, murmurai-je. Voulez-vous que nous prenions une voiture ?

— Non, la marche me fera du bien.

En route elle parut se calmer. Elle m'interrogea, avec sa jolie familiarité coutumière, sur ce que nous avions vu, tandis que sa beauté faisait se retourner les hommes à notre passage. Quant à moi, je n'avais réellement aucune idée que son émotion pût avoir une autre source, sinon la mélancolie des sombres salles pleines de fantômes de granit.

Quand nous arrivâmes à Grenville Lodge, le crépuscule était en son milieu. Nous nous arrêtâmes un instant à contempler le beau square automnal. Les feuilles tombaient légères sur les chemins et les pelouses ; Mary les regardait d'un air triste.

— Vous ne direz pas, fit-elle brusquement, que j'ai eu peur ?

— Non, je ne le dirai pas.

— Alors, vous croyez que j'ai vraiment eu peur ? reprit-elle, ses yeux fixés sur les miens.

Son ton me surprit, et plus encore son étrange regard.

— Je l'ai cru, répondis-je.

— Vous vous êtes trompé, dit-elle d'une voix douce et un peu plaintive ; je n'ai peur de rien quand vous êtes présent... je n'ai peur que de vous.

Elle eut un sourire triste, volontaire, magnétique, et alors je vis soudain combien la petite fille était devenue grande.

Je ne m'en inquiétai pas du tout. Quand je me retrouvai seul avec moi-même, je me mis à réfléchir à la chose, avec une espèce de bonhomie. Je pensai que j'aurais dû le prévoir, mais que, pour ne l'avoir point prévu, le mal n'était pas bien grand. Comme Mary ne pouvait atteindre l'époque de son mariage sans quelque amourette, autant, après tout, que je lui fusse le premier modèle qu'habillerait sa fantaisie. Avec un peu de sagesse, il y en avait là pour six mois ; – après quoi elle s'apercevrait très bien toute seule que je ne réalisais pas son idéal.

La difficulté était de lui faire passer ce petit épisode sans trop de souffrance. Quant à craindre que je ne tombasse amoureux d'elle, l'idée ne m'en vint certainement pas : Mary me semblait aussi loin de moi que si elle eût habité une autre planète. J'étais ému, à l'idée que sa petite chimère pût lui causer quelques insomnies, j'étais touché de ce que sa chère grâce se commît à me prêter la forme de l'amoureux, mais tout s'arrêtait là, – et sans argutie. J'ai beau fouiller ces souvenirs et y vouloir découvrir l'équivoque, je n'y rencontre en vérité que ma parfaite bonne foi. J'en revenais toujours à me dire : « Comment faire pour qu'elle n'en ait pas de chagrin » ?

Il me semblait urgent de choisir quelque plan dont je ne me départirais pas dans la suite ou de m'abandonner à quelque résolution abrupte. J'écartai l'idée de feindre l'amour, comme inconciliable avec l'entier respect dû à la nièce de mon maître, quoique je fusse persuadé que c'eût été le meilleur moyen de hâter la guérison. Il me restait trois partis à prendre : demander un congé assez long, – me tenir dans une réserve sévère, refroidissante, – ou continuer à être l'ami familier et tendre, sans paraître m'apercevoir de rien, quelle que fût l'attitude de Mary.

Pour le départ, il était presque inutile d'y penser : justement M. Ditchfield inaugurait une série d'expériences qui nécessiteraient ma présence durant tout l'hiver, et il n'était pas homme à y renoncer. D'ailleurs, à moins d'être d'une durée excessive, l'absence pouvait aussi bien surexciter le caprice de la jeune fille que le calmer ; et, avec ce que je connaissais de son caractère, la première hypothèse était la plus plausible.

La froideur et la sévérité auraient l'inconvénient de peiner Mary, tout en la portant à des réflexions qui pourraient bien aller à l'encontre de mon but. De plus, cela surprendrait M. Ditchfield, – ce que je tenais essentiellement à éviter.

Restait le statu quo. En me montrant surtout par le côté « grand frère », en m'obstinant à donner le caractère de la camaraderie à nos relations, en sachant à propos détourner les tristesses et user de cordiale raillerie, j'avais décidément plus de chances que de toute autre façon.

Je résolus de m'en tenir à cette attitude.

On s'avisera que j'aurais pu aussi m'entendre avec M. Ditchfield. Cela est très vrai, et même le moyen eût pu être décisif. Mon maître aurait sans doute envoyé Mary en quelque endroit où il serait souvent allé la voir. Mais il me répugnait étrangement d'user de ce moyen. Le petit secret de la jeune fille ne m'appartenait pas. Pour éphémère que me parût son caprice, je le tenais pour infiniment respectable. Si j'avais pour mon compte le droit et le devoir de l'écarter avec douceur, j'aurais cru faire une grave injure à la charmante fille en prenant un complice pour la combattre, pour la traiter en petite enfant qu'on trompe ou qu'on punit.

Par surcroît, je ne croyais vraiment pas que l'aventure valût de tourmenter l'esprit excitable de mon maître ; je la voyais d'avance résolue par le jeu naturel de la vie. Enfin, pour tout dire, j'avais la conviction que Mary, étant arrivée au moment de la première amourette, rien ne saurait empêcher sa tendresse de se répandre. Et comme M. Ditchfield était déplorable observateur, il pourrait placer sa nièce en telle compagnie qu'elle courût un danger véritable et voulût se marier avec un être indigne d'elle. La loi anglaise rend cette hypothèse admissible…

Bref, j'en arrivai à me convaincre qu'il ne fallait pas changer un iota aux habitudes de la maison, et même je me demandai s'il n'y avait pas à se réjouir que l'inévitable se produisît plutôt de cette manière.

Au dîner, l'enfant se montra mélancolique ; il me parut qu'elle avait regret de ce qui s'était passé. Elle se coucha de bonne heure et se leva le lendemain très pâle, au point que son oncle le remarqua :

– Tu n'es pas indisposée, ma chérie ? dit-il avec intérêt.

Elle répondit, rougissante :

– Un peu, mais je suis bien sûre que ce n'est rien.

– Nous ferons venir le docteur.

– Oh ! non, s'écria-t-elle avec une espèce de crainte. Je déteste les médicaments…

– En ce cas, attendons, fit le brave homme.

Et il se mit à me parler de son « double miroir magnétique pour photographier les esprits », instrument auquel il me faisait travailler depuis plusieurs jours et auquel il attachait les plus grandes espérances.

Mary pendant ce temps finissait son premier déjeuner, – elle y avait à peine touché, – puis se retirait. Nous travaillâmes une partie de la matinée, mon maître et moi, d'autant que la réalisation de son fameux miroir soulevait de petits problèmes qui m'intéressaient véritablement.

Vers onze heures seulement je pris du repos. C'était le moment de ma promenade quotidienne dans notre square, qui est le plus vaste de Londres, et dont l'usage appartient exclusivement aux habitants des demeures avoisinantes. Je pris ma clef et fus bientôt sur les sentes.

Par ce charmant matin de fin octobre, il n'y avait personne. Le square s'étendait solitaire et triste comme un vieux parc, avec ses grands arbres centenaires.

Peut-être les arbres ont-ils plus d'individualité après la chute des feuilles. Aux saisons fécondes, le corps, le tronc disparaît, comme aussi les lignes des branches, de rameaux, et un arbre n'est qu'une immense chevelure où les traits s'épaississent, – sauf la sveltesse des hauts peupliers.

Je me trouvais devant la bizarrerie des rameaux, leur nudité caractéristique où, de ci, de là, pendillait encore quelque touffe de feuilles. De la pelouse de ray-grass, j'en voyais un grand cercle, masse noire où l'éternelle brume anglaise, légère ce matin, s'accrochait. En approchant, le chaos devenait « forme », les individus saillaient. L'orée était faite d'arbustes, et, à travers leurs fouillis, l'argent doux des bouleaux rayonnait, très pur parmi l'ébène ou l'émeraude des autres écorces automnales. Nul filigrane des bois n'a la finesse exquise des bouleaux, la grâce de leurs ramilles tremblantes sous un ciel gris.

Un peu à l'arrière, deux platanes élevaient de fermes troncs pâles, où l'écorce tombait par grandes plaques, et dont les branches semblaient de sombres boas tachetés de jaune clair.

Un peuplier blanc, vrille dans le ciel, vert-de-grisé à la base, puis de plus en plus clair, finissait, à la cime, en flèche de métal blanc, tandis que des peupliers d'Italie s'élançaient, sveltes, à côté d'un pin du Canada épais, paré de membrures velues. Un gros robinier, tout couvert de verrues, frappé de la hache, jetait quatre bras énormes, vrai monstre infirme devant de fins et harmonieux tilleuls, lisses, brillants, aristocratiques. Puis des érables sycomores redressant leurs troncs gris d'acier, de calmes marronniers étalant fortement leurs ramures, un orme qui, vers la cime, abritait une famille de gigantesques champignons, des charmes solides, carrés, l'air d'athlètes…

Je ne sais pas pourquoi le souvenir de ce matin-là m'est demeuré si fixe, mais les moindres détails en sont photographiés dans ma mémoire. L'air était tiède, langoureux ; j'avançais par une allée de buis, de sapins, d'aucubas et de houx colosses qui sont les plus beaux que je connaisse.

Une pièce d'eau m'arrêta : deux îlots y émergent, plantés de frênes pleureurs, qui baignent leurs longues branches pendantes.

Comme je rêvais, immobile, j'entendis un pas léger et vis Mary qui avançait vers moi, aussi pâle que les nues. Elle semblait hésitante, troublée. Je ne l'avais jamais vue aussi gracieuse, aussi marquée du signe des élues. Ne croyez pas que je fusse là sous l'illusion des gens dont un retournement de sensation dessille les yeux… C'était la réalité pure. Mary apportait la lueur de l'amour qui transfigure jusqu'aux laides. Je la regardai venir avec admiration et pitié ; je composai mon attitude :

– Voilà, dis-je, un matin fait à souhait pour le bonheur… Regardez, mon enfant, si l'on peut rêver quelque chose de plus fièrement élégant que ces peupliers ? Comme ils se lancent droit parmi la dentelle noire, comme leurs têtes effilées redressent chacun de leurs rameaux !

Je parlais avec quelque emphase, un ton de pédagogue qui étonna Mary. C'était mal débuter, et je repris mon ton habituel :

– Voilà notre pauvre square tout nu !

– Je vous ai entendu dire que vous l'aimiez ainsi.

– Cela est vrai. Mais je l'aime de toutes les façons ; je l'ai aimé du premier coup d'œil. Il est aussi beau qu'un parc et aussi mystérieux. C'est un jardin de roi.

Elle me jeta un coup d'œil pathétique ; j'eus comme une vision que la jeune âme était aussi un jardin de roi, belle et mystérieuse, et qu'elle souffrait véritablement. Je ne m'attendais pas à cette idée. Mary avait baissé la tête ; ses bras retombèrent avec une langueur élégante. Elle murmura : « Un jardin de roi ! » et demeura pensive.

Je parlai quelque temps, sans que son attention se fixât à ce que je disais. Je lui fis remarquer sa distraction.

– Oui, fit-elle, je songeais à votre phrase de tantôt – que c'était « un matin fait pour le bonheur ». Est-ce qu'il y a des matins faits plus spécialement pour le bonheur ? On aime le brouillard à Christmas, et la fête ne me semble bonne qu'avec ce brouillard.

Elle redevint pensive, et je voyais se soulever longuement sa jeune poitrine. Les nuages ouvrirent une fine meurtrière. Un délicat soleil pâle sortit, glissa sur la noirceur des branches, y répandant de l'or. Il s'élevait à la cime d'une chaîne vaporeuse et, sur les courts frissons de l'eau, faisait courir une cascade de rayons. De petits flots rutilants battaient la rive. L'eau, vers les îles, était noire, et les arbres s'y reflétaient confusément. Sur le sol fauve, quelques herbes faisaient rêver de printemps. Les buissons, plus vifs que les ramures, semblaient saisir les blêmes rayons par les pointes vives de leurs branchettes.

La blancheur délicate du ciel mettait un fond de poésie pénétrante sous l'ébène opaque des troncs et les filets ténus des ramilles. Au loin, les vapeurs formaient un voile bleu où des sapins se tenaient raides et funèbres.

Des centaines de moineaux se baignaient, fous de la tiédeur du jour. Ils se plongeaient dans l'eau, frénétiques, hérissant avec grâce leurs plumes, se secouaient, oublieux déjà de l'automne. On les voyait surgir de partout, par grandes bandes jacasseuses, des ormes, des peupliers, des bouleaux, de l'ombre des houx. Cette multitude de petites bêtes rousses, le calme triste de l'endroit parurent émouvoir Mary profondément.

Elle mit la main sur son cœur et dit :

– Je crois que ce sont les plus beaux jours qui font le plus souffrir !

Je sentis le danger de la pente. Je répondis avec douceur :

– C'est assez plausible, mais il est inexcusable de souffrir quand la souffrance n'a pas de cause réelle. Il faut avoir le courage de n'être pas triste inutilement.

– Oui, à la condition de savoir quelle tristesse est inutile !…

Sa réplique me surprit.

– Toute tristesse est inutile dont l'objet est indigne de notre effort ou trop loin de notre effort… et toute tristesse aussi qui ne repose que sur des imaginations !

– Ah ! fit-elle… connaissez-vous des tristesses qui ne reposent pas sur des imaginations ?…

– Toutes celles, repris-je avec d'autant plus de fermeté que j'étais gêné de la niaiserie de ma réponse, – toutes celles qui sont légitimes… qui naissent à propos de nos parents et de nos devoirs !

– Ce sont des imaginations !

– Ce sont des réalités, m'écriai-je… et sans elles l'homme descendrait au-dessous de la brute.

Elle fit un geste d'impatience et de reproche :

– Ah ! murmura-t-elle... Vous ne vous souvenez pas. Vous m'avez vous-même enseigné que ce sont justement nos imaginations qui ennoblissent notre idéal.

Je commençai à sentir la difficulté de mon rôle, et que l'enfant s'apercevait bien de tout ce qui serait tactique et mensonge. J'avais fâcheusement débuté ; loin de paraître naturel, je venais en un moment de laisser apparaître des contradictions grossières.

– Nous errons, ma chère Mary ! repris-je d'un ton affectueux. La réalité sociale, pour mêlée qu'elle soit d'imagination, est un certain accord entre notre position dans le monde et nos désirs. Si l'amour pour ses parents renferme de l'imagination, avouez que vous ne confondez pas cette imagination avec celle de quelque amour pour un objet lointain ou futile !

Elle ne répondit pas. Elle soupira, elle fixa ses beaux yeux sur l'étang.

Dans le détroit, entre les îles, deux cygnes s'avancèrent, la tête haute, frôlant les branches des frênes. Les moineaux avaient cessé de se baigner. Une multitude infinie, un peuple, pépiait dans les branches d'un orme. L'immense ramure en abritait des milliers. Sur les ramilles nues, ils se montraient distinctement et la brise les agitait, par grappes ; leurs petits corps frissonnaient serrés les uns contre les autres. Il en sourdait un hosanna joyeux, éclatant, une véritable clameur de vie.

Tout à coup Mary se détourna. Sur ses beaux traits blêmes je revis l'histoire mystérieuse. Grandie, droite dans sa robe virginale, elle baissait les yeux toute tremblante.

– Mary..., commençai-je.

Les paupières se levèrent, les yeux apparurent éblouissants, pleins d'une expression farouche, craintive et hardie, et l'âme tout entière, une pauvre jeune âme traquée, y parut.

– Mon Dieu ! balbutia-t-elle.

Cette fois je lisais trop bien, dans les yeux ardents, la force de l'aventure, et, tandis que la jeune fille s'enfuyait, je demeurai dans une méditation inquiète.

Je restai là jusqu'à midi. Je convins que la passionnette pouvait être de l'amour ; j'étais touché jusqu'aux larmes en me souvenant de ce beau et triste regard douloureux. Oui, en vérité, touché jusqu'aux larmes, ému de ce que ma gracieuse amie fût devenue amoureuse, mais pas d'un scrupule moins déterminé à laisser mourir sa tendresse sans lui accorder la moindre feinte de retour.

Quelques mois passèrent. J'avais de point en point suivi la ligne de conduite que je m'étais fixée. À Mary chagrine et pâle, j'opposais une amitié fraternelle et douce. Elle semblait s'y être résignée. Délicate et noble, elle essayait de lutter contre elle-même, elle s'exerçait à cacher des sentiments dont on ne voulait pas s'apercevoir.

Sur un seul sujet elle demeurait intraitable : elle ne voulait se priver d'aucune des leçons que j'avais accoutumé de lui donner. Tout ce que je tentai sur ce point fut vain. Dès que j'essayais d'esquiver quelqu'une de nos études, elle manifestait une agitation dangereuse, elle perdait sa retenue, se répandait en plaintes ; ses yeux étincelaient de désespoir ; elle devenait blanche à faire trembler. Je vis que la meilleure tactique, le plus sûr moyen d'obtenir la paix, était encore de ne rien changer au règlement des journées. Pourquoi compter sur l'absence plus que sur toute chose ? la monotonie des habitudes ne serait-elle pas la meilleure auxiliaire ?

Nous arrivâmes ainsi jusqu'en avril. Un soir que j'étais à travailler à quelque menue expérience, Mary vint me rappeler que c'était « jour d'étoiles ». Elle appelait ainsi la leçon d'astronomie pratique que je lui donnais chaque semaine, au petit observatoire de son oncle, lorsque le temps le permettait.

– Il y a, fis-je, des nuages.

– Oui, répondit-elle, mais avec de grandes éclaircies.

Je n'ajoutai pas un mot. Ayant pris la clef de l'observatoire, je précédai Mary dans l'escalier. Le temps était variable, mais tiède et charmant. Les vapeurs capricieuses couvraient, puis découvraient les constellations. Je m'arrêtai un instant au bord du belvédère, séduit par la beauté du ciel en désordre. Un rayon électrique, projeté du haut d'un théâtre, tomba dans ce moment sur ma jeune compagne. Je la regardai avec un inconscient émerveillement, comme un grand frère pourrait regarder une sœur très jolie. La brise secouait sa robe, ses cheveux, son fichu frangé d'argent. Elle baissait sa tête claire, elle rêvait. Les nues, en s'écartant, parfois montraient le Lion, le Bouvier errant avec la Couronne, la Vierge avec le frais Épi. Ensuite, ces constellations s'effaçant, Hercule apparaissait sur Ophiuchus ou, au nord, Cassiopée, Persée, la Chèvre éclairaient magnifiquement la Voie lactée.

Mary se tourna vers le Parlement, attirée par la grande sonnerie planante de Big-Ben, et tout à coup elle dit d'une voix rêveuse :

– Big-Ben sonnera ainsi dans cent ans !

Je ne répondis pas. L'accent de l'enfant me touchait. J'avais le cœur plein de pitié. Je sentis comme elle l'effroi du temps éphémère. Je regardai le défilé des vapeurs sur l'Aigle et le Dauphin, ou sur les deux Ourses, le Dragon, Céphée pâle et Wéga la glorieuse.

Ah ! combien plus encore que Big-Ben tout cela demeurera immuable pendant un siècle !

– Il n'y aura vraiment pas moyen de rien faire, – dis-je après un silence ; – aucun coin du ciel ne demeure libre dix minutes !

Comme je disais ces mots, l'attitude de l'enfant m'étonna. Elle se cramponnait à l'appui du belvédère. Ses yeux étaient fixes et agrandis, sa tête penchée sur l'épaule gauche. Soudain, elle poussa un profond soupir, sa bouche s'entr'ouvrit et je la vis chanceler. Je n'eus que le temps de la prendre dans mes bras : elle était évanouie.

Un moment, je demeurai tout saisi, incapable d'agir. Je regardais ce visage délicieux, ces cheveux répandus sur mon bras, ces longs cils, cette fine bouche pâlie, et, pour la première fois, ma pitié prit un caractère dangereux. J'osai penser combien il était injuste que la destinée me condamnât à contrister cette aimable créature, si bien faite pour être heureuse et pour rendre heureux celui qu'elle serait libre d'aimer.

C'était déjà faire le procès à la destinée, et par là succomber à cette tentation du fruit défendu, si étrangère à ma nature.

Je ne m'y attardai point, d'ailleurs. Il était urgent de secourir ma jeune compagne. Tout d'abord je l'emportai dans l'observatoire, je la déposai sur un fauteuil d'osier, et je demeurai hésitant autant que troublé. Appellerais-je quelque servante pour donner des soins à mon amie ? Trahir son évanouissement, n'était-ce pas abuser d'un secret ? Cent menus arguments se pressaient dans ma tête, s'entre-détruisaient, puis reprenaient en cycle. Je résolus finalement d'aller au plus pressé, quitte à demander du secours si je ne réussissais pas à ranimer Mary : par le fait, l'observatoire contenait le nécessaire pour soigner cette indisposition.

Au bout de quelques minutes, Mary rouvrit les yeux, me regarda avec surprise. Un peu de couleur lui revint. Elle sourit mélancoliquement.

– Ce n'est rien, lui dis-je.

Elle continuait à me regarder, et l'on ne saurait rien imaginer de plus touchant que la vie qui revenait habiter ces beaux yeux bleus.

Mais avec la vie, une amertume intense, un désespoir farouche naquirent. Et telle était alors la clarté d'expression de son visage qu'il semblait qu'elle me parlât à haute voix. Et je répondis, je ne pus m'empêcher de répondre :

– Laissez-moi vous supplier, Mary, d'avoir quelques mois de patience… et cela s'effacera de votre cœur sans y laisser de trace !

– Croyez-vous ?

Elle se leva devant moi, dans sa beauté et son désordre, dans la puissance de sa faiblesse. Elle m'imposa pour la première fois sa séduction. Et elle murmura d'une voix sombre :

– Vous ne me connaissez pas ! Ma mère avait écrit sur sa Bible : « Celles de ma race sont fidèles jusqu'à la mort ! » Et moi, je suis de celles de cette race !

Je n'eus pas la force de répliquer. Nous redescendîmes en silence.

Je n'essayais pas d'ergoter.

Je n'avais qu'à fermer les paupières pour voir la silhouette même de l'Amour : ma petite amie, dans sa beauté, son désordre et ses grands yeux mystérieux. Je savais que rien désormais ne lutterait contre elle dans mon cœur. Je n'avais plus que la ressource des stoïques, et, cela va sans dire, j'étais prêt à broyer ma vie plutôt que de trahir mon bienfaiteur.

Je passai une partie de la nuit à prendre des résolutions. Elles se résumaient toutes dans l'idée de mon départ ; elles sacrifiaient toutes mon bonheur et la sécurité de ma pauvre mère.

En même temps, je reprenais le procès du sort. Volontiers me serais-je sacrifié moi-même, mais pourquoi les autres ? Pourquoi le chagrin que j'allais sûrement causer à M. Ditchfield ? Pourquoi la vieillesse de ma mère menacée ? Pourquoi le désespoir de ma chère Mary ?... Et j'entendais une voix me parler comme au croyant une voix prophétique : « Et moi, je suis de celles de cette race ! »

– Puisque vraiment, m'écriais-je dans mon insomnie, je ne l'ai point voulu ! Puisque je n'ai pas recherché l'occasion, puisque aucun méchant désir ne s'était fait jour dans mon âme... et puisque l'amour est né de la pitié !... Sans la pitié, sûrement j'aurais résisté à la tentation !

Et je demeurais comme anéanti, puis des larmes me soulageaient.

Mais à la suite de ces crises la chevelure luxueuse, la face brillante de mon amie se gravaient plus profondément en mon souvenir et me brûlaient d'amour, de regret et d'effroi.

Vers l'aube je retrouvais un peu de calme ; je m'endormais dans la ferme résolution de partir.

Je m'éveillai un peu plus tard que de coutume. Je pris une tasse de thé dans ma chambre, et je me remis à réfléchir, en attendant l'heure où je devais rejoindre M. Ditchfield. D'ailleurs, je demeurais fidèle à ma résolution : c'était véritablement la seule issue honnête. Tout le reste était péril, équivoque, déloyauté. Puisque j'aimais la nièce de mon maître, mon devoir ne pouvait être que dans la fuite.

Comme je méditais sur les prétextes que je donnerais à M. Ditchfield, dix heures sonnèrent à l'église voisine, suivies du carillon. Mon cœur défaillit, une sueur d'angoisse froidit sur ma tempe.

Les plus doux souvenirs tremblèrent dans mon esprit, avec chacune des petites notes familières. J'eus la même raideur de souffle, la même suffocation que le jour où mourut mon père.

« Courage ! pensais-je… Le plus grand malheur est de ne pas savoir porter sa destinée. »

J'ouvris doucement ma porte ; je passai dans le corridor. Mais j'avais à peine fait trois pas, qu'une autre porte s'ouvrit. Je vis devant moi ma divine amie, qui me barrait le chemin.

Je la regardai avec un frisson, sans pouvoir dissimuler ni ma peine, ni ma tendresse. Chez elle, malgré une inquiétude égale, s'apercevait le sentiment de la victoire, une douce et aimante victoire prête à s'épanouir en bonheur.

Elle parla sans détour :

– Je sais ce que vous voulez faire, me dit-elle, je le sais aussi clairement que si je l'avais résolu moi-même. Mais je ne le veux pas !…

– Ni votre volonté ni la mienne, répondis-je d'une voix brisée, ne doivent entrer en compte. Au-dessus de vous et de moi, il y a ce qui doit être… Tout le reste serait mal.

– Vous le dites, mais je ne pense pas ainsi. Je ne veux pas vous voir partir… et si vous partiez maintenant, rien ne saurait m'empêcher de vous suivre… et si je ne pouvais vous suivre, rien ne saurait m'empêcher…

Elle n'acheva pas : ce n'était point nécessaire. Elle venait en quelques mots de changer toutes les combinaisons du Devoir. Mes fortes résolutions de la nuit s'effacèrent toutes ensemble, aussi vaines que le souffle d'un enfant sur une fournaise.

– Il est affreux, balbutiai-je, de placer ainsi vos sentiments au-dessus de votre devoir !

– Je n'entends pas le devoir à votre manière ! répliqua-t-elle avec gravité. Il y a de par le monde une créature dont je puis disposer à ma guise, et dont nul autre n'a le droit de disposer : cette créature, c'est moi-même.

– Vous êtes trop jeune pour parler ainsi !

– Peut-être, si mon choix n'avait dépendu que de mon propre jugement ! Mais l'opinion de mon oncle sur votre personne n'a pas été étrangère à mes sentiments… ni à ma volonté.

– L'opinion de votre oncle n'est pas que je puisse vous convenir comme époux.

– Non, mais son opinion est que vous êtes le plus loyal et le plus honnête des hommes !

– Et si je répondais à cette confiance par l'hypocrisie et le mensonge, ne serais-je pas doublement méprisable ?

– Je ne vous demande ni équivoque ni hypocrisie. Mais mon secret m'appartient : vous n'en disposerez que si je vous le permets.

– Et moi, je vous déclare que je n'écouterai plus un seul mot touchant ce secret. Vous me contraignez à demeurer ici, soit ! Mais du moins vous ne me forcerez à aucune chose qui soit contre mon devoir !

Ma voix était rauque, résolue. Mary me jeta un regard très tendre, presque humble, et répondit :

– J'y consens. Je ne vous parlerai plus de rien. Et si je manquais à ma parole, je jure de vous laisser partir sans tenter de vous suivre ni de rien faire contre moi-même.

– Cela étant, je resterai… mais en vérité, vous avez choisi la mauvaise voie.

Elle garda le silence. L'heure me pressait. Je m'inclinai doucement, je partis, dans une mélancolie affreuse.

10 juin 1895.
Chaque jour a rendu ma situation moins tolérable. Je me suis raidi dans mon devoir, j'ai mis entre Mary et moi une barrière infranchissable, mais d'autant plus ma pauvre âme est-elle esclave. À chaque acte de résistance, je sens mieux ma faiblesse. Je suis condamné à l'amer supplice d'un amour toujours croissant et d'une espérance toujours décroissante. Mes sens, mon ouïe surtout, sont devenus d'une acuité extrême ; je reconnais le pas léger de Mary dans sa chambre, alors que deux étages nous séparent : elle m'est ainsi toujours présente.

J'ai maigri et pâli au point que mon maître, si distrait, s'en inquiète. Je suis enfin douloureusement vaincu, misérablement condamné – et je n'ai, en conscience, rien fait pour mériter mon supplice. La seule volonté d'une fillette a tout résolu ; mon amour n'est point né de lui-même, mais de l'impérieuse puissance d'un autre amour. Hélas ! il n'en est pas moins violent pour m'être imposé ! Jamais amant ne souffrit plus de la beauté de sa bien-aimée ; jamais jaloux ne connut de plus sombres insomnies.

Ah ! petite fille ! si j'avais pu jadis prévoir combien ta présence me serait un jour chère et exécrable, de quel élan j'aurais fui l'hospitalière demeure de mon maître !

20 juin.
C'est aujourd'hui que j'ai le plus amèrement ressenti la misère de ma destinée.

M. Ditchfield nous avait menés à Hyde-Park. Dans ces jours qui précèdent le départ, la gentry parcourt une dernière fois ses domaines. Notre landau s'est trouvé confondu avec mille voitures étincelantes, parmi lesquelles il faisait, d'ailleurs, très bonne figure. Dans ce faste lumineux, – les beaux jeunes gens, les jeunes femmes merveilleuses, – comment ne pas souffrir de la pauvreté qui me défend de songer à Mary ? Mon amie brillait comme une fleur choisie parmi tout ce luxe ; son attitude et chacun de ses mouvements montraient combien elle y était familière.

À l'ombre des grands arbres, je ne sais quelle finesse héréditaire, quel éclat de caste s'exhalait de sa personne, l'approchait de ces autres et la séparait de moi ! Comment ! j'oserais concevoir, moi, pauvre diable !… Hélas ! c'est que, précisément, je n'ai rien conçu du tout ! N'étais-je pas parfaitement heureux et tranquille, aussi loin d'oser lever un regard sur elle que de penser à commettre un crime ! Pourquoi, a-t-elle voulu, sans qu'il restât même au pauvre diable la ressource de s'enfuir ?

Cette idée me remplissait de rage, – non contre elle, assurément, – mais contre l'aveugle fatalité. Et, vers le crépuscule, ma mélancolie était telle, qu'un danger de mort ne m'aurait pas fait faire un mouvement de recul ! Qu'il était tendre, doux et solennel, ce crépuscule, sur la Serpentine rougissante, sur la rive fraîche, colorée, divine ! Qu'il luisait délicieusement sur les molles vapeurs du couchant, sur les nues moutonnées !… Nous descendîmes tous trois de voiture pour le mieux goûter et nous marchâmes quelque temps au bord de l'eau. Les fines barques passaient, ployant les plantes aquatiques. Mille rumeurs chantantes s'élevaient sur les feuilles, les roseaux, les herbes. Mary eut alors la fantaisie d'aller en canot, seule.

Elle se fit détacher une embarcation, et parut devant nous, éblouissante de blancheur, l'œil éclairé de rêve. Ses mains fines plongeaient les rames, lentement, et je n'avais souvenance d'avoir jamais rien vu d'aussi gracieux. La force m'abandonna, je dus m'appuyer contre un arbre, et toute une minute je crus que j'allais m'évanouir...

Nous revînmes sous les chênes trapus, les beaux hêtres, les vieux ormes des Kensington Gardens. La lune mince, indécise encore comme une nuée, flottait parmi les vapeurs en chevelures de lumière blanche, en fins amas de dentelles, en duvets.

– Michel, me dit M. Ditchfield, au moment où nous rentrions, si vous êtes malheureux, pourquoi du moins n'en pas dire la cause à votre ami ? Ignorez-vous que j'ai pris envers moi-même l'engagement de vous rendre heureux autant qu'il est en mon pouvoir ?

Mary rougit. M. Ditchfield me regardait avec douceur. Je sentis vraiment que, hormis la seule chose qui dévorait ma vie, il aurait tout fait pour me rendre la tranquillité. Je répondis à voix basse :

– Je connais votre générosité, mon cher maître, et je n'aurais pas hésité à y avoir recours, si ma peine n'était de celles que nous devons supporter avec résignation, jusqu'à ce que le temps les ait guéries.

21 juin.
Ce matin j'étais assis auprès de ma fenêtre, à vérifier un travail, essayant en vain de fixer mes idées. Un groupe frais d'enfants chantait sous les chênes rouvres :

Dear Mis'ress Mouse, are you within ?
    Heigho ! says Rowley.
O yes, kind sir, I'm sitting to spin.
With my rawley-pawley, gammon and spinach,

Heigho ! says Anthony Rowley…

J'ensevelis mon front dans mes mains. Un sanglot secoua mes côtes.

Sous les grands arbres, le chœur naïf terminait la ronde :

 As froggy was crossing over a brook,
    Heigho ! says Rowley.
A lily white duck came and gubbled him up,

With my rawley-pawley, gammon and spinach,
    Heigho ! says Anthony Rowley.

Je me levai, je regardai par la fenêtre la bande gracieuse, les robes de couleur vive, la douceur des figures, la joie et le triomphe qui jaillissaient en rires pleins de fossettes, de dents fines, de lèvres savoureuses.

Je me retirai, blessé, ébloui. Le navrement des douleurs sans ressource me fit songer au suicide. Et je balbutiais désespérément :

« Qu'as-tu fait, petite Mary ? Ne pouvais-tu aimer un autre homme ? »

Un heurt craintif résonna à la porte, et que je reconnus trop bien !… La jolie figure de Mary parut dans le cadre clair. Elle palpitait, elle respirait rapidement.

Et je pensai que je ne regretterais rien et que j'accepterais gaiement et sans répit la mort, si je pouvais une seule fois prendre la tête blonde sur mon bras et recevoir le baiser d'amour des lèvres rouges.

Mais, en même temps, je revis la silhouette de grâce et d'aristocratie parmi les autres jeunes silhouettes du défilé mondain. Cette vision me fit surmonter ma défaillance. Je demandai d'un ton grave :

– Eh bien, Mary ?

Elle baissa les yeux et dit :

– Est-ce que vous pourrez me pardonner ?

– Je n'ai rien à vous pardonner.

– En êtes-vous sûr ? Ne m'avez-vous jamais détestée ?

– Je ne vous ai jamais détestée.

Je répondais avec autant de calme que le permettaient ma surprise et mon agitation. Je ne voyais pas où pouvait tendre ce préambule, sinon à terminer enfin l'épreuve.

Tout à la fois, c'était une espérance et un désespoir, mais, à coup sûr, je souhaitais le dénouement.

– Et quoi qu'il arrive, vous ne sentirez contre moi aucune colère ?

– Non, quoi qu'il arrive !

– Si je vous libérais de votre parole, partiriez-vous ?

– Je partirais.

– Même si j'étais guérie ?

– Non… dans ce cas, je resterais.

– Et vous ne souffririez pas ?

– Je n'ai point à vous le dire… Mais, je vous prie, si ce n'est point pour me libérer ou pour m'annoncer votre guérison, rappelez-vous que nous ne pouvons parler de ces choses.

– Ne me croyez pas assez vaine pour en parler sans motif !…

– C'est donc que vous me libérez ! fis-je avec force.

Elle leva doucement les paupières, et il parut sur son visage un peu de l'éternelle duplicité de la femme. Je crus à un piège, je m'armai de défiance.

– Si vous étiez libre, reprit-elle, répondriez-vous à toutes mes demandes ?

– Je ne sais pas… Il faudrait savoir d'abord…

Elle m'interrompit :

– Eh bien ! si c'était la condition de votre liberté ?

Je ne parlai pas tout de suite. La question était captieuse. Tout compte fait, cependant, je ne voyais d'issue que dans l'affirmative :

– Il faudrait bien alors que je répondisse.

– Eh bien ! de ce moment vous êtes libre… Si je vous annonçais maintenant que je suis guérie, ne souffririez-vous pas ?

Je me sentis faible comme un petit enfant ; je mis la main sur ma poitrine qui battait à se rompre.

– Je souffrirai de toute manière ! m'écriai-je. Mais tout vaut mieux que l'horrible incertitude où je vivais.

Elle garda le silence. Son visage était doux, tranquille, presque souriant. Pâle encore, mais non plus d'une pâleur chagrine, on pouvait deviner que la lutte était finie pour elle. Je pensai que la journée précédente avait été décisive pour arracher de son imagination des vœux défendus, ou plutôt que, lentement détachée de moi, elle avait soudain vu clair dans son cœur. Ma tristesse fut infinie, mais il ne s'y mêla guère d'amertume. Tout me parut bien et selon la règle. J'acceptai volontiers, puisque la douleur ne serait plus que pour moi seul.

Mary se détacha soudain de la muraille où elle s'appuyait.

– Que vous me connaissez donc mal ! dit-elle.

– Il est vrai, répondis-je. Depuis l'an dernier, je vous connais moins bien.

– Ainsi, – reprit-elle, en me regardant bien en face, – vous avez cru que j'avais souffert pour un caprice ! Vous avez cru que j'avais l'âme de celles qui sont prêtes à défaire dix fois leur choix !… Ah ! mon cher maître, prenez une meilleure opinion de votre élève ! Sachez qu'elle n'a point aimé à la légère ! Sachez que si elle n'avait pu être votre femme, elle n'aurait du moins été l'épouse d'aucun autre homme !

– Ma femme ! m'écriai-je.

Et je sentais au fond de moi, trouble encore, le bonheur qui bouillonnait, qui chassait les longues misères.

Elle rougit, elle baissa les yeux, en murmurant d'une voix soumise :

– Oui, votre femme.

J'étreignis sa main ; une beauté neuve s'ajoutait à la blonde beauté de mon amie, beauté de recommencement du monde, splendeur de résurrection.

– Mary, fis-je… est-ce que c'est vrai ?

– Comme ma vie même !…

– Et comment cela s'est-il fait ?

– Oh ! très simplement. Je n'ai eu qu'un mot à dire et mon souhait a été exaucé… Nous ignorions combien était indulgente la tendresse de mon oncle pour vous et pour moi…

Je la pris contre mon cœur, je lui donnai en tremblant le baiser des fiançailles.

Et tout bas je me félicitais d'avoir beaucoup souffert, d'avoir durement gagné l'Éden. Je sentais que chacune de mes joies serait plus vive pour avoir été plus combattue, et que les années de mon amour en prendraient une douceur plus ineffable.